THE GRASSHOPPER

弐

喜佐久

文芸社

目次

一の章　太閤の智将

文禄三年（一五九四年）。

「真田幸村の家紋（六連銭《むつれんせん》）、間違いない」

子の刻、お市《いち》は、幸村の寝室の前で、音もたてずに息を潜《ひそ》めていた。

「今なら殺《や》れる」

襖《ふすま》を開けて、飛び込もうとした。

「待て」

お市は、外の草むらに引き寄せられた。

「何者だ。全く気配を感じぬ」

お市は、刀を抜こうとした。

「市よ、今は、幸村を討てぬぞ」

「なぜ私の名を」

「フフ、玄武の首領、市。人質に捕られていた弟、昴《すばる》の仇討ちか。危なかったな。結界六芒星（注1）が張り巡らされていた」

「そなた、もしや目が見えぬのか?」

「うむ。されど、風を感じることができる」

「ふふ、頼もしいな。名を聞いても良いか？」

「それがしの名は、大谷吉継《おおたによしつぐ》と申す」

注1　魔物を召還する魔方陣のひとつ

◆

「歌右衛門《うたえもん》、こっちよ」

「あっ、ちょっと待てよ、灯《あかり》」

歌右衛門は、頬の吹き出物を気にしながら、愛馬に、小川の水を与えようとしている灯にやっと追いついた。祖父の綱宣《つなのぶ》から乗り継がれてきた名馬疾風号《はやてごう》である。灯は、歌右衛門の隣に座って言った。

「今日は、虎助と竜は？」

「ああ、京の大殿と何か、密談があるらしい」

「ふーん。ねえ、虎助が、私の命の恩人て、知ってた？」

灯は、髪をかきあげて、首筋を見せた。

「知ってる。おまえが昔、山で迷子になった時、それが目印になったらしいな。最初は、米粒よりも小さな点だったそうだが、灯の成熟につれて、今では逆さにした桃の

ようだ」

「うふふ」

灯は、少し照れて笑った。

「おうおう、お二人さん。ずいぶん見せつけてくれるじゃないか」

ならず者の連中が、絡《から》んできた。

「この色男から、やっつけてしまえ」

ならず者は、一斉に歌右衛門に切りかかってきた。

カキーン。

「一旨流剣術」

ならず者達は、一瞬で歌右衛門の周りに倒れた。

「待ちな。この女が、どうなってもいいのか」

ならず者の頭《かしら》が、灯を人質に取ろうとした。

「やめとけ、そいつは……」

歌右衛門は、ならず者を止めようとした。

「フフッ、こいつがどうかしたか」

バキッ。

いきなり、ならず者の頭《かしら》は、吹っ飛んでいった。

「失せろ」

灯は、一言だけ言った。ならず者は、慌てて逃げて行った。

「なあ、灯。おまえも、だんだん、玉聖《ぎょくせい》（注2）に似てきたな。春名姫《はるな》に」

歌右衛門は、静かに笑いながら言った。

注2　すべての師範を束ねる、頂点に君臨する者

二の章　じゃじゃ馬の逆鱗《げきりん》

いつもは物静かな廃城が、その日は珍しく活気があった。

「おい、春名。おらんのか、春名よ」

宗光は、慌てた様子で叫んだ。

「何ですか父上、騒々しい」

春名姫は、落ち着いて答えた。

「そんな所に居ったのか。今朝から、灯の姿が見えぬのだが」

「ふふ、灯は、疾風に乗って京へ参っておりますわ」

「おお、そうであった。久し振りに、歌右衛門様にお会いできると言って、はしゃい

でおったな」

「ええ」

春名姫は、笑顔で頷《うなず》いた。

「ところで、お前の、その言葉づかいも、板についてきたな」

春名は、まるで綱典への想いを断ち切るかのように、あらゆる剣術の師範を相手に修練を重ね、遂には、師範の師範、玉聖にまで上り詰めた。

◆

十二年前。天正十年（一五八二年）。

「ヒヒーン」

子の刻、春名は、書斎で書き物をしていた。

「あれは？　このような刻に、馬の嘶《いなな》きとは」

「ヒヒーン」

「やはり」

春名は、表に出て驚いた。

「疾風ではないか。うっ、どうしたというのじゃ。尻に、矢が刺さっておる」

春名の後ろに立っていた宗光が、目を細くして呟《つぶや》いた。

「この矢は、毛利の矢じゃ」

春名は、宗光に身を寄せて、倒れるように囁《ささや》いた。

「まさか、綱典様の身に何か」

一ヵ月後、春名の元に、虎助と竜が訪れて、事の成り行きを伝えた。春名は、黙って聞いていたが、辛抱できなくなった。

バシッ。

いきなり竜の頬が、ぶたれた。

「竜の役立たず」

「虎助の馬鹿あ」

春名は、泣き崩れて、虎助の胸を、太鼓を叩くように、何度も両手で叩いた。

「どうして見殺しにするのじゃ」

竜も虎助も、大粒の涙を流していた。

「お言葉ですが、見殺しにしたのではありませぬ。事態は、非常に緊迫しておりまして、万が一、我らが残ったとしましても、状況は変わりませぬ。それどころか、綱典様の英断の、足手まといになるだけです」

虎助は、目を瞑《つむ》って悔しそうに言った。

「言い訳など、聞きとうもないわ」

そう言って、春名は部屋に入って泣き続けた。

三の章　阿助の秘密

綱典の京の叔父、宣之《のぶゆき》は、温厚な性格で、人望も厚く、政《まつりごと》の手腕にも長《た》けていたが、唯一、子宝に恵まれなかった。吽助《うんすけ》が綱典に襲名した後すぐに、綱典の父、綱宣に頼み、阿助を養子に迎えいれたのだった。

「おお、いつ見ても素晴らしい。自得記流槍術、金の舞」

宣之の城の猛者たちは、感動して、手を叩いた。

「私は、これにて」

阿助は、宣之の本殿に、金の槍を奉納して、重鎮より先に席を立った。

「さすがは、綱典様の兄上ですな。並の識者なら、一刻は優に費やすご判断を、四半刻も必要としないのですからな。先ほどの舞と言い、文武両道とは、正にこのことですな」

虎助は感心して言った。

「大殿も、いつ家督をお譲りしてもよろしいのでは」

竜に似合わず、世辞を言った。

「うむ、今日、そなたらを呼んだ、本当の理由なのだが」

宣之は、黙り込んでしまった。虎助と竜は、顔を見合わせた。

「阿助には、どうやら化け物が憑《つ》いておる」

「なんですと」

虎助と竜は、声を揃《そろ》えて言った。

「それこそが、私が、今の今まで、阿助に家督を譲らなかった、一番の理由なのだ」

◆

虎助と竜は、本殿を出て、二人で町を歩いた。

「そんな風には、見えませんでしたが」

虎助が竜に言った。

「ああ。んっ、阿助様だ」

「あれは、スリを捕らえたようですね。んっ」

バシッ
スリが、いきなり阿助に殴られた。

「まあ、スリは、懲らしめないとな」

竜が、自分に言い聞かせるように言った。

バシッ、バシッ、バシッ
バシッ、バシッ、バシッ
「おい虎助。あれでは、スリが」

「阿助様」

「なんだ」

「もう、いいでしょう」

「竜、貴様、私に楯突く気か」

「阿助様」

「はっ。いや、すまぬ。どうかしていたようだ」

虎助と竜は、眉をしかめて顔を見合わせた。

四の章　花魁《おいらん》の相槌《あいづち》

「孫六よ、よくぞ今日まで、厳しい修業に耐え抜いてくれた」

和菓子の家元、川ノ坊宗碧《そうへき》が、しみじみと言った。

「これは、宗碧様」

「うむ、すでにお前は、私の腕を超えたようだ」

「そんな、勿体ないお言葉です」

孫六は、謙遜《けんそん》して言った。

「それで、ひとつ私のわがままを聞いてくれぬか」

「はっ」

孫六は、意外な宗碧の言葉に、驚いて声が詰まった。

「かつて私は、和菓子を取るか、刀を打つかという選択を迫られた。しかし、おかしなもので、和菓子を極めるほど、もしも刀の道を選んでいればと悔やまれて仕方なくなってしまうのだ」

いつの間にか、孫六の隣で、妻の暖睦《だんむつ》も一緒に話を聞いていた。

「和菓子と刀、全く正反対の道ではあったのだが、私を超えた今のお前に、私の若い頃に果たせなかった夢を託してみたくなった。いかがだろう」

孫六は、何も言わずにずっとうつむいていた。

「あなた」

暖睦は、孫六の方を見て、笑顔で頷いている。

「わかりました。しかし、相槌がおりませんが」

宗碧と孫六は、苦笑いをした。

「私が、居ますわ」

暖睦は、笑顔で腕をまくって見せた。

◆

「カキーン」「カン」「カキーン」「カン」

刀を打つ力強い音と、優しい音が、明け方まで鳴り響いた。

「出来たか」

宗碧は、刀身をしみじみと見て、ひとこと言った。

「見事な孫六兼元《まごろくかねもと》だ」

宗碧が去った後、暖睦が孫六に言った。

「宗碧様は、かつて、お前さんが、刀鍛冶を目指して、途中で諦《あきら》めたことを、知っておられたようね」

「なるほど。全て、お見通しだったというわけか」

暖睦と孫六の、新しい門出が始まった。

五の章　帰蝶《きちょう》の簪《かんざし》

「ふふ、宗光、俺はツイてるな。玉聖の春名は留守のようだ」

貫禄《かんろく》のある忍者が、宗光の廃城の扉を蹴り開けた。

「あわわわ、何事ですか」

宗光は、取り乱して言った。

「とぼけても無駄だぞ、宗光。いや、石舟斎宗光《せきしゅうさい》」

「知っておったか」

宗光の眼は、一瞬輝いて、一言だけ答えた。

「その眼力、まだ衰えてはおらぬようだな。フフ、大太刀銘永則《おおだちめいながのり》は、どこにある？」

「何のことですかな」

「面白い。それなら、力ずくで奪《うば》ってやるわ」

忍者は、宗光に飛びかかろうとした。

「お待ちなさい」

「ちっ、もう戻って来よったか。まあよい、女だからと容赦《ようしゃ》はせんぞ。エイヤーッ」

カキーン、ぐさっ。

「何、俺の剣が、通用しないなんて。ぬかったわ」

バタッ。

自信あり気な忍者は、あっけなく倒れた。

「ふふっ、十年早い」

春名は、鼻で笑いながら言った。

ガターン。

「まだ居たようね。今度は、十人を下らないか。少し骨が折れそうね」

春名は、真剣に刀を構えようとした。

「春名、下がっていろ。久し振りに、血がたぎったわ」

宗光は、刀も持たずに構えた。

「お好きにどうぞ。お譲りしますわ」

春名は、巻き添えを食らわないように下がった。

「石舟斎、覚悟—」

忍者軍団は、一斉に宗光に飛びかかってきた。

シュッ。

一瞬で、忍者軍団は引っくり返って、のたうち回っている。

「歳は重ねても、技の切れ味は、全く衰えていない」

春名は、目を丸くして言った。

「百年早かったな」

宗光は、袴姿の襟《えり》を正しながら言った。

「ところで、父上の師匠の信綱様のお弟子さんで、父上と肩を並べた人が居たって、本当ですの？」

春名は、唐突に尋ねた。

「うむ、本来なら、市が、銘永則を受け継ぐはずだった」

「何ですって、市？」

春名は、驚いて、その名前を繰り返した。

「春名、知っておるのか？」

「ええ、とてもよく」

春名は、嫌味を込めて言った。


一方、大谷吉継と市は。

「市よ、少し吹雪いてきたな。積もるぞ」

「雪は、嫌いではない」

「市、焦りは、禁物じゃ。幸村はまだ、得体《えたい》が知れない。それを探るために、私の愛娘、竹姫を奴に嫁がせる手筈《てはず》は、整えておる。おぬしは、それからにせよ」

「何、正気か？」

お市は、吉継を見た。吉継は、ニヤリとしてお市に尋ねた。

「ところで、おぬしの、かつての兄弟子は、健在か」

「さあ」

「フッ、とぼけるか。兄弟子の、石舟斎宗光は達者なのか」

「知らぬ。まだ、雪に足跡を残していた頃の話だ」

辺りは、二人の足跡のない雪原が広がるだけだった。

◆

宗光は、春名に初めて語ることにした。

「市は、何をやらせても完璧だった。おそらく、信綱師匠の歴代の弟子の中でも、最高傑作に違いない。市は、いつも修練の合間に、まだ幼い弟の昴をあやしていた。昴は、笑いながら簪で遊ぶのが好きだった。その簪というのは何でも、市と昴の母、帰蝶の形見だったそうだ。そして、師匠の信綱が、継承者を選ぶ試験の当日、市は、昴を連れて、姿を消してしまった」

六の章　次郎の縁談

町を歩きながら、竜が虎助に言った。

「阿助様に、あんな一面があったとは驚いたな」

「まったくです」

虎助も神妙な顔をして答えた。

「ん」

「商いの基本は、始末と心得よ」

虎助と竜は、立ち止まって振り返った。

「あそこは、越前屋ですね」

虎助は、竜に尋ねた。

「ああ、確か、あの声は次郎かな」

二人は、越前屋の方へ近づいて行った。

「始末とケチは、根本が異なる。始末とは、即ち『使わなくていい金』を使わないこと、また、物は、使い切ること」

虎助は、感心して竜に言った。

「少し見ない間に、立派になりましたね。店の若い衆に、商いの基本を叩き込んでいるんですね」

「ああ、興味深いな。もう少し聞いてみよう」

竜は、身を乗り出した。次郎は続ける。

「商才とは、臨機応変に機転を利かすこと。商算とは、帳尻を合わせること。商いを続けていれば、売れる時も、売れない時も必ずあるのが道理。売れぬ時も、支払いと給はあるのは必定。昇り調子の時ほど、事態に備えておくべし」

「おや、竜様に虎助様ではありませんか」

「これは、久しいな、一郎」

竜が答えた。

「その節は、どうもお世話になりました。立ち話も、何なんでどうぞ」

竜と虎助は、一郎にうながされ上の間に通された。

「あれから、こいつは、商いの奥深さに目覚めて、あらゆる書物を、片っ端から勉強し直したんです」

一郎は、嬉しそうに、次郎を見ながら言った。竜と虎助も笑顔を見せた。

「それで、そろそろ縁談をと思いまして」

一郎は、深刻な顔をした。

「失礼いたします。お茶をお持ちしました」

年頃の娘が、机にお茶を置きながら言った。

「はい、次郎さんも」

次郎は、目をそらして頭を下げた。それを見て、竜と虎助は、顔を見合わせた。

「ひと月前に雇った　お裕《ゆう》なんですが、気立ても良く、まめに働いてくれるんで、次郎の嫁にと思いまして」

「兄さん」

次郎は、困った顔をして遮《さえぎ》るように言った。

「お前、まだ、お初《はつ》のことが」

一郎は、強い口調で言おうとした。

「関係ありません」

竜と虎助は、居づらくなって、席を外して越前屋を後にした。

◆

「なかなか愛嬌のある、良い娘でしたよね」

虎助が、笑いながら竜に言った。

「ああ、お似合いだと思うが」

竜も、相槌を打った。

「ん、竜、あれを見て下さい。さっきの、お裕さんじゃありませんか」

虎助は、驚いた顔で言った。

「なんか、物騒な男と歩いて行くぜ」

竜も眉を寄せて、嫌な顔をして言った。お裕らは、長屋の路地に入って行き、男は、お裕に馴れ馴れしく言った。

「どうだ、次郎の旦那は？」

「もう一息と言ったところね。男なんか、アタシにかかればチョロイもんさ」

お裕は、大きな口を開けて、笑いながら言った。

「しかし、相手は、あの堅物だぜ」

「あら、アタシに靡《なび》かなかった男がいたかしら。あの、女の顔もマトモに見られない坊やを骨抜きにして、越前屋の財産を全部巻き上げてやる」

「ハハハ、違いねえ。その時は、俺にもオコボレをたんまり頼むぜ」

「ハハハ、まかしときな」

「お裕も、悪い人だ」

男は半笑いで立ち去って行った。

一部始終を見ていた竜と虎助は、二の句が継げなく唖然と立ち尽くした。

◆

「虎助、やはり次郎に言いに行くのか？」

「当然です」

竜と虎助はまた、越前屋の玄関へ来た。

「ん、いけない、次郎と、お裕が、向かい合わせで食べている」

「もう、手遅れかもな」

竜が、ボソリと言った。

「ご馳走様でしたー」

お裕は、ニコリと笑いながら、猫をかぶって言った。

それを見て、竜は肩をすくめながら言った。

「あれでは、次郎はイチコロだな。んっ？」

「残念ですが、あなたには、越前屋を任すことはできません」

次郎が、キッパリと、お裕に言った。

「えっ」

「あなたの食べ終わった茶碗をご覧なさい」

「これが何か？　きっちり完食しましたわ」

お裕は、不満そうに次郎に言った。

「いや、食べ残したご飯粒が、たくさん付いている。たとえ一粒であっても、それを作るためには、一年の歳月がかかる。お百姓さんが、一年働いてくれたから、私たちが有り難く頂くことができるんです。銭も同じ、一生懸命働いて手にした銭は、生きた使い方をするが、楽して手に入れた銭は、一夜にして使ってしまうでしょう」

「そ、そんな、私は」

お裕は、何か言い返そうとした。

「お裕、金輪際《こんりんざい》、越前屋の暖簾《のれん》をくぐることは、私、次郎が許しません。今すぐ出て行って下さい」

「うっ」

「さあ、お行きなさい」

次郎は、正面から、お裕の目を見て言った。

「おのれ次郎、覚えてらっしゃい」

お裕は、捨て台詞《ぜりふ》を言って、越前屋を出て行った。竜と虎助は、目を疑った。そこへ、一郎が温かく言った。

「立派だ、次郎。是非、お前に逢わせたい人がいる。入っておいで、お初」

「えっ」

久し振りの再会に、次郎は驚いて声をあげた。

「実は、私、薩摩の嫁ぎ先から離縁されたんです」

「どうして?」

「十年経っても、二人の間に子ができなくて、あちらは、どうしても世継ぎが欲しくて遂に、見限られたんです」

「それは、お初のせいではないよ」

次郎は、優しく囁いた。

「次郎さん」

お初と次郎は、手を取り合って寄り添った。竜と虎助は、気をきかせて、その場を

立ち去った。


「今回ばかりは、虎助も、一本取られたな」

竜が、苦笑いをして言った。

「まったくですね。次郎か、彼から学ぶことは多い」

虎助が、しみじみと言った。

「ところで、竜の、オナゴを見る目も、まだまだですね」

「虎助もな」

竜は、虎助に軽く肘を当てて言った。

◆

七の章　武蔵と和太鼓

「エイ」カン、カン、カン。

「ヤー」カン、カン、カン。

「ねえ、歌右衛門。その子は、誰なの？」

灯は、乱打ちしている歌右衛門に、興味深く尋ねた。

「ああ、近所の武蔵《たけぞう》だよ」

「へえ、なかなか筋はいいんじゃないの」

「灯も、そう思う？」

歌右衛門は、頷いて木刀を置いた。

「今日は、集会所に、旅芸人の歌姫桃香《ももか》が来るわね」

「うん、今や日本中で人気だよ。和太鼓の斗士輝《としき》も人気急上昇らしい」

「へえ、武蔵ちゃんも一緒に見に行く？」

「はは、武蔵は、剣にしか興味がないよ」

「そう、残念ね。虎助たちも来るんだけど」

「えっ」

武蔵は、初めて灯に尋ねた。

「お市さんも来るの？」

武蔵は、頬を赤くして言った。

「ええ」

灯は、不思議そうに答えた。歌右衛門は、ニコリとした。

◆

「本当に、すごい人気ですね」

虎助が、集会所に集まった村人を眺めて言った。

「虎助、久し振りね、元気だった？」

「これは、これは、灯」

虎助は、笑いながら言った。

「なんだ、お前、少し見ない間に、随分、女っぽく、なりやがったな」

「竜ね、久し振り。ウフフ、胸板が厚くなったんじゃないの？」

「ハハ、それは、夕凪《ゆうなぎ》の台詞だ」

「あら、武蔵ちゃんは、お市さんの隣に座ってご機嫌ね」

「うふふ」

お市は、含み笑いをしただけだった。

「エー、皆さん、本日は、わざわざ足を運んで頂き、有り難うございます」

「桃香殿の、お出ましですね。ほう、さらに磨きがかかったようですね」

虎助は、感心して言った。

「へー、あそこに居るのが、和太鼓の斗士輝だね」

歌右衛門が言った。

「それでは、聞いて下さい」

演奏が始まると、村人たちは、大歓声を挙げた。

「相変わらず、桃香殿の歌声は、心に響くな」

竜も感動して言った。

演奏も、中盤に差し掛かった頃。

「あら、武蔵ちゃんは、さっきから、和太鼓ばっかり見てるわね？」

灯が、不思議そうに言った。

「何か、剣と関係あるのかな」

歌右衛門が、首を傾《かし》げて言った。

演奏が中休みで、皆が、幕の内弁当を食べている時に、桃香が挨拶に来た。

「ウフフ、楽しんで頂けましたでしょうか」

桃香は、照れながら言った。

「もちろんです。何か、今日は隠し技があるそうで」

虎助は、笑顔で言った。

「ウフフ、種を明かしてしまいますが、最後の曲は、即興で作ろうと思っておりますの」

桃香は、片目を瞑《つぶ》って言った。

「なんと、それは素晴らしい」

虎助は、珍しく赤い顔をした。

「ところで、綱典様は？」

「それが」

「エー、皆さん。それでは、最後の歌になりました」

集会所は、シーンと静まり返った。

◆

「どうですか、坊ちゃん。桃香とやらの歌声は？」

桔梗屋《ききょうや》の番頭が小声で言った。

「フフ、大したことはないね僕の方が上だ」

「そうですとも、今から即興で歌うそうですが、そんなことができるもんですか」

桃香は、伴奏なしで歌いだした。

「坊ちゃん、周りを見て下さい。皆、目を瞑ってますよ」

曲は、二番から静かに和太鼓が鳴り始めた。虎助と、竜と、お市の目から涙が、すーっと流れ落ちた。まぶたには、流血の中、一人で獅子奮迅の戦いを見せる、綱典の姿が映し出された。村人たちも、それぞれの想いを胸に、涙を流した。

「坊ちゃん。なぜ会場のみんなは、泣いているんでしょう？」

「僕にも、分からない」

八の章　花嫁の手鏡

お市は、阿助に憑いた化け物を、除霊しようと、玄武の伊津奈《いづな》を呼んだ。

「おそらく、戦で、ご自分の軽率な行動により、父の綱宣様が命を落とされた。その後悔の念が強く出た時、ご自分の御心《みこころ》をコントロールできないと、お見受け致しました」

「伊津奈殿、それでは一体、どうすれば」

竜と虎助は、尋ねた。

「うーむ、戦いで失った御心《みこころ》は、戦いによって取り戻すしかないぞよ」

伊津奈は、両目を瞑って言った。

「こんな所におられたのですか。虎助様、竜様、大変です。妖刀　千子村正《せんごむらまさ》が、何者かによって奪われました」

小姓は、慌ただしく言った。

「何ですと」

虎助も、顔色を変えた。

「大変です。阿助様が、ご乱心です。兵を十名斬りました」

小姓が、もう一人、駆け込んで来た。

「まさか、千子村正が、阿助様の手に？」

竜が、青ざめて言った。


「まずいことに、なってしまった。阿助様は、手加減して勝てる相手ではないぞ」

竜が、虎助に言った。

「竜、あそこです。あの阿助様の形相」

虎助が、取り押さえようとした。

「虎助、危ない」

「ぐっ」

「虎助―」

虎助は、利き腕の左腕を押さえて蹲《うずくま》った。

「貴様、もはや人間ではない」

竜が、刀を抜いた。カキーン。

「ぐっ、なんて力だ。やむをえん、五分身」

カキーン
竜の刀が、飛ばされた。

「強すぎる」

竜は、死を覚悟して、目を瞑った。阿助は、刀を振り下ろそうとした。その時。

カキーン
お市が、竜と阿助の間に割って入った。

「お市様」

竜と虎助が同時に言った。

「女か、少しは使えそうだな」

阿助は、鬼の形相で言った。

カキーン　カキーン　カキーン
「互角か」

竜が、虎助に言った。

「いえ、少し、お市様が圧されています」

竜と虎助は、目を瞑った。

ぐさっ
「勝負あったな、確かに胸を貫いた」

うずくまったお市に、阿助が言った。

「ハハハ、もっと骨のある奴は、おらんのか」

阿助が、勝ち誇ったその時。

ザクッ
阿助の背中から、血が噴出した。

「お市様」

竜と虎助は、心から叫んだ。

「貴様、何故、立っていられる？」

阿助はお市に、声をしぼり出して言った。

「綱典様が、私を守ってくれた」

お市は、懐から何かを取り出した。

「うっ、それは？　三種の神器、花嫁の手鏡か。ふふ、さすがは、綱典が選んだオナゴだな。ヤーッ」

阿助は、渾身の力を振り絞って、お市に刀を振り下ろした。

バキッ
お市は、妖刀　千子村正を、自分の刀で叩き折った。阿助は力尽きて、膝から崩れ落ちた。

「お市様、大丈夫ですか」

虎助と竜は、駆け寄った。

「ウム、かすり傷だ。それより、阿助様を。急所は外してある」

お市は、何食わぬ顔で、その場を立ち去った。

◆

「大丈夫か、虎助」

「はい、何とか。竜も、派手にやられましたね」

「ああ、男前が台無しだ。しかし、お市様の本気、初めて見たな」

「ええ、恐ろしく強い方です」

虎助は、肩をすくめて言った。

九の章　懐かしい風

思ったよりも、阿助の傷は浅く、他にも喜びは連鎖した。

「さすがは、お市様ですな。阿助様の出血こそ多く見えましたが、致命傷には至らなかったのですからな」

虎助は、感心して言った。

「感情の起伏の方も、伊津奈殿が言うには、お市様と剣を交えたことによって、もう過去の後悔の念は、消し飛んだらしいな」

竜も、肩を軽く回しながら言った。

そして、この度、宣之は、阿助に家督を譲り、大御所として阿助を支えることにした。

「竜様、赤竜団の首領、夕凪《ゆうなぎ》さんが尋ねて参りました」

小姓が、竜に伝えた。

「へえ、夕凪だって？　懐かしいな」

「本当ですね。新たな剣術でも、編み出したのでしょうか？」

虎助も、嬉しそうに言った。

「虎助様、竜兄貴、お久し振りです」

「ああ、元気だったか」

「はい、実は、良い報告がありまして」

夕凪は、少し照れながら続けた。

「今回、嫁をもらうことになりまして、お里《さと》、遠雷《えんらい》、入っておいで」

お里と遠雷が、竜と虎助の前に現れた。

「お里といえば、確かボッカ賭博の時の、ハチベエさんの一人娘の？」

虎助が、記憶を確かめるように言った。

「その節は、お世話になりました」

お里は、恥ずかしそうに笑って言った。

「ほう、夕凪にしては勿体ないほどの器量良しじゃないか」

竜が、羨ましそうに言った。

「兄貴、からかうのはよして下さい。ところで、遠雷なんですが」

「ああ、確か鳳竜師匠のご子息だったな」

「はい、実は、ハチベエさんも高齢なんで、お里と一緒に、僕が畑を耕そうと思ってるんです。それで、赤竜団の首領の方は、遠雷にも協力してもらおうと思いまして」

「なるほどね」

「竜様、私も、父、鳳竜の奥義を極めようと、日々、技を磨いておりますが、今のところ二分身が精一杯です。竜様の五分身には程遠いですね」

遠雷は、悔しそうに笑った。

「その五分身も、破られたがな」

竜は、虎助の方を見て、苦笑いをした。

十の章　虚無僧と蘭

「歌右衛門、それじゃ、そろそろ帰るわね」

灯は、疾風号に跨って、春名の廃城へ向かおうとした。

「俺も、大山の辺りまで送って行くよ。物騒だから」

◆

「お逃げください、奥方様」

慌ただしく、侍が振り返りながら言った。

「見つけたぞ、追え」

十人ぐらいの追手が、侍たちに迫って来た。その様子を、灯と歌右衛門が見ていた。

「駄目よ、歌右衛門。相手が多すぎる」

助けに入ろうとした歌右衛門の腕を、灯が引き留めた。

「灯、これを見逃せというのか。俺には無理だ」

「歌右衛門――」

灯の腕を振り払って、歌右衛門は侍に加勢しようとしたが、間に合わなかった。

ぐさっ。

侍は、追手に切り倒された。

「何だ、この小僧は？」

カキーン。ぐさっ。

歌右衛門は、追手の一人を切り倒した。

「やりやがったな。皆の者、かかれ」

カキーン。カキーン。

しかし、多勢に無勢。

「ぐっ、これまでか」

歌右衛門は、周りを囲まれてしまった。

カキーン。カキーン。カキーン。

「えっ」

一人の虚無僧（注3）が、どこからともなく現れて、追手を全て、切り倒した。

「若いの、上には上があることを、常々忘れてはならぬ。今のは、家康直属の忍びだ」

「お二方。危ないところを助かりました」

追手から逃げていた女性が言った。

「いえ、お怪我はありませんか」

「はい。しかし飛猿が。ううう」

女性は、飛猿という、懐刀らしき男を失い、その場でうずくまった。その姿を見て、歌右衛門も、気の毒そうな顔をした。

注3　深編笠《ふかあみがさ》を被《かぶ》った僧

「これから何処《いずこ》へ？」

虚無僧は、女性に尋ねた。

「有馬へ参ろうかと」

「ふむ、それなら通り道だな」

虚無僧は言った。

「えっ」

「有馬なら、我々も行く道中だ。なあ蘭」

「はい」

虚無僧の側で控えていた美しいオナゴが、頷いた。

◆

「歌右衛門、大丈夫だった？」

灯は、歌右衛門に寄り添って言った。

「ああ」

「あの人達は、いったい？」

灯が問いかけた。

「あの奥方は、おそらく茶々様（注4）だ」

「えっ、どうしてそう思うの？」

「あの奥方が、身につけていた小袖の紋は、太閤桐だった」

歌右衛門は、ぽつりと言った。

「何ですって、太閤秀吉の」

灯は、信じられないという表情をして呟《つぶや》いた。

注4　淀殿

十一の章　涙の三献茶

慶長五年（一六〇〇年）、七月。

石田三成の居城、佐和山城に、大谷吉継は立ち寄った。

「久し振りだな、吉継」

石田三成は、友を温かく迎えた。

「ふふ、おぬしが太閤様に点てたという三献茶が、飲みたくなったのでな」

吉継も、笑みを浮かべて言った。

「ああ」

三成は、茶を点てる用意をした。

「ところで、ともに太閤様の天下取りに尽力した家康のことだが」

唐突に、話を切り出した吉継を、三成が、茶の手を止めて、遮るように言った。

「なあ吉継、俺は、家康を討とうと思っている」

「馬鹿な、家康とそなたでは」

「つりあわぬと申すか、吉継」

三成は、茶碗を吉継の前に置いた。

「いくら、そなたを説得しても、心は曲げぬな」

吉継は、悔しそうに一筋の涙を流し、その滴が、茶碗の中に落ちて、波紋を作った。

その茶碗を、三成が鷲摑みして、一気に飲み干した。

「久し振りに、お前と熱く語り合ったので、少し喉が渇いたわ」

それを見て吉継は、表情を崩して言った。

「そなたは阿呆や、しかし私は、もっと阿呆や」

竹馬の友は、お互い豪快に泣き笑いした。

◆

「ここで、家康を叩いておかねば、この後、間違いなく豊臣は、滅びる」

三成は、吉継に言った。

「秀頼様に、勝機があるとすれば、なにがなんでも我ら西軍に加勢することだ。しかし、それが淀殿には分からぬ。ましてや、赤子同然の秀頼様には」

吉継は、眉をしかめて言った。

「高見の見物をしている場合ではないぞ」

三成も、困ったという顔をして言った。

三成と吉継は、劣勢のまま、関ヶ原に挑むことになった。

十二の章　家康の誤算

関ヶ原の決戦の火蓋は開かれ、徳川家康の東軍と、石田三成の西軍は、ほぼ互角のまま一進一退を繰り返していた。

「吉継様、大変です。敵に寝返りました」

西軍の斥候（注5）が、大谷吉継の陣営に駆け込んで来た。

「わかっておる。案ずるな、小早川秀秋であろう。脇坂安治《わきさかやすはる》が迎え撃つ」

吉継は、冷静に答えた。

「その脇坂も、寝返りました」

「何だと」

吉継は、拳を握りしめて、しばらく動かなかった。

「もはや、これまでか。無念。湯浅、お主が私の、介錯（注6）を務めよ」

吉継は、懐刀の庖丁藤四郎を握ろうとした。

「吉継様──」

湯浅五朗は、涙を流して言った。

そこへ、素早く、何者かが駆け寄って来た。

「吉継殿、早まってはいけません」

吉継は、声の方から流れてくる、微かな匂いを感じて言った。

「そなたは、市」

「今から、面白いものをご覧にいれます」

◆

三日前、大坂城に一人の美しい女性が現れた。

「淀様、火急の用件ということで、女が一人、尋ねて参りました。追い払いましょうか」

注5　戦の最前線を観察して、逐一《ちくいち》報告する兵
注6　切腹の後、苦しみから解き放つためにとどめを刺すこと

「何者ぞ」

「はあ、確か、名は蘭と申しておりましたが」

「蘭？　どこぞで、聞き覚えがある。通してみよ」

◆

「そなたが蘭か」

「はい」

蘭は、顔を上げた。

「そなたは。確か私が、虚無僧に助けられた折、有馬まで送り届けてくれたオナゴだな」

「はい」

「一体、何の用じゃ？」

「はい。あの時、有馬で太閤様より書状を預かっておりました」

「何だと」

淀は、素早く書状に目を通した。

◆

「これは」

「家康様。手筈通り、小早川秀秋が寝返ってくれました」

「ほっほ、これで勝敗の行方は、我が手中に納めた」

「わっはっはっはー」

キュイーン、ぐさっ。

家康の陣内の馬印に、一本の矢が突き刺さった。

「何、この距離で矢が」

「家康、覚悟するのじゃ」

「淀殿」

「あれは、豊臣軍、秀頼様です」

「操傑、次の矢を」

「はい、阿助様」

秋庭軍の三人衆は、声を揃えて言った。

「爺、この阿助、二度と油断はせぬぞ」

「はっ、御意に」

「竜兄貴―、遅くなりました」

赤竜団首領夕凪と遠雷が先頭に立って、赤竜団が集結した。

「お市様、玄武、集結いたしました」

伊津奈が、玄武首領の市に目配せをした。

「小平太、左足はもう大丈夫ですか」

虎助が、斬りこみ隊長の小平太に優しく言った。

「はい、おかげさまで」

◆

「家康様、あれは、秋庭軍の最強の赤竜、竜と、軍師白虎、虎助ですぞ」

東軍筆頭格の福島正則が、青ざめて言った。

「ぐう、秋庭は、豊臣に付いたというのか……こうなっては、仕方がありません」

家康は、その場で地団駄を踏んで言った。

十三の章　太閤の密書〜エピローグ〜

「太閤様とご一緒に、温泉に浸かれるとは、思ってもみませんでした」

虚無僧は言った。

「ふふ、茶々を護衛してもらって、かたじけないな。ところで、おぬし、なかなかいい面構えをしておるな」

「いえ」

謙遜する虚無僧に、秀吉は続けて言った。

「それにしても、有馬の四季は美しい。春は桜、夏は青葉、秋は紅葉、冬は雪。そなたも体が癒えぬのか、相当に深い傷のようだが、いったい何人の兵を斬った？」

「はい、三万人ほど」

「何？　三万じゃと？　おぬし、もしや……まあよい。一つ俺《わし》の頼みを聞いてくれぬか。全てを叶えた俺じゃが、一つだけ気がかりがある。俺は、子を授かるのが遅過ぎた。ふふ、天とは、ままならぬものよ。秀頼が将来、天下を取るにあたって、五年後か十年後か分からぬが、その天の時をそなたが見極めて、この密書を茶々に手渡してほしい」

虚無僧は、その密書に目を通して言った。

「太閤様、一筆、書き加えてもよろしいでしょうか」

虚無僧は、すらすらと密書に書き加えた。

「ふふ、その筆跡、相変わらず達筆だな。やはり、そなただったのか」

秀吉は、ニヤリと笑い、虚無僧も表情を崩して叫んだ。

「お蘭、この書状を……いや、蘭丸か」

家康に敵意あり。秀吉
秋庭軍、秀頼様を守護。綱典

◆

あとがき

前作品に引き続いて、この本を手に取って頂き、心より感謝いたします。

私が、小学校一年生の時のことです。担任の女性の先生に呼び出されて、「喜作君の名札の字は。喜作君が、自分で書いたの？」と聞かれました。冗談じゃありません。私はまだ、ひらがなも、ろくに書くことができません。そもそも、家のお袋は、書道の小筆は、相当の腕前です。

しかし、そう言われてみて、あらためて名札を見てみると、なんと「喜佐久」と書いてありました。人の記憶とは、そういう会話があった時に、強く脳に刻まれるみたいですね。風の噂では、生まれた時から親戚の叔母に、名前の字画がよくないと言われていたのを、正直なお袋が、とても気にしていて、それに加えて印鑑屋も似たようなことを言ったので、試しに名札に書いたようです。

印鑑屋って、そもそも、不安を煽《あお》って、高い印鑑を作らせるのが目的なんじゃないんでしょうか。（笑）親父もそんな口車には、みすみす乗るような人ではないんですが、それだけ私への期待も大きかったんでしょう。

それから数十年の間、そんなことがあったことは、綺麗さっぱり忘れていたんですが、『THE GRASSHOPPER』の執筆にあたって、ペンネームの候補に急浮上してきました。

少し昭和色の濃いペンネームではありますが、とても気に入っています。

ちなみに「喜作」という名前の方は、私の解釈では、将来、女極道になるに違いないという、女難の相が出ていたのではないでしょうか。

その心配には、全く及びませんが。

著者プロフィール

喜佐久（きさく）

著者と父

飲食店、ホテル、病院、整備士、プログラマー、医療事務、バリスタ、駅員等様々な職を経験。

趣味は読書『グイン・サーガ』（栗本薫130巻読破）。『コブラ』（寺沢武一）。

特技はゲーム（チャンピオンシップロードランナー　チャンピオンカードNo.28215、ゼビウス16エリア突破、ファミリーマージャンⅡ上海への道　麻雀老君撃破）。

著書『THE GRASSHOPPER』（2021年文芸社）

本文イラスト　シカタシヨミ
イラスト協力会社／株式会社ラポール イラスト事業部

THE GRASSHOPPER 弐

2021年10月１日　初版第１刷発行

著　者　喜佐久
発行者　瓜谷 綱延
発行所　株式会社文芸社
〒160-0022 東京都新宿区新宿1－10－1
電話 03-5369-3060（代表）
03-5369-2299（販売）

印刷所　株式会社暁印刷

ISBN978-4-286-22965-2